KB083583

맨드라미 초상

시와소금 시인선 · 118

맨드라미 초상

김도향 시집

시와소금

┃ 김도향

· 1963년 경북 군위 출생.
· 2017년 《시와소금》 신인상 당선으로 등단.
· 시집으로 『와각을 위하여』 『맨드라미 초상』이 있음.
· 죽순문학회, 대구문학회, 대구시인협회, 시산맥 특별회원.
· 시와소금작가회 회원.

· 전자주소 : doyang5350@daum.net

절집에 살면서 보고 듣고 배운 대로
수행하는 마음으로 지내지만 때로
불쑥불쑥 올라오는 본성은
눌러 앉히기 쉽지 않다

그럴 때면 새소리 바람소리 풍경소리
잘디 잔 풀꽃 보면서 심기일전한다

문지방 닳도록 절간 마당 들락거려도
세 살 먹은 어린아이 같고 발등에 불
떨어져야 절간을 찾는다

한 치 앞 못 보는 중생들,
새해 일출에 빌고 보름달에 빌고
천지 만물이 부처고 선지자고 스승이다
내 시의 소재고 주제이다

2020년 어느 때 어느 날

| 차례 |

| 시인의 말 |

제1부 뜬구름

제2부 사슴뿔

제4부 부처와 보살

작품해설 | 복효근

제 **1** 부

뜬구름

등대

꼭 필요한 한 사람으로 남으라면
그대 손 덥썩 잡겠습니다
눈 맑은 선지자를 꼽으라면
달려가 무릎 꿇겠습니다
몸 사리지 않는 버팀목 잡으라면
그대 껴안고 놓치지 않겠습니다
불같이 노래하고 싶노라면
그대처럼 두 눈 부릅 뜨고 있겠습니다
항행의 지침서를 내놓으라면
바다 위에 펼쳐놓겠습니다

맨드라미 초상

占집 앞 혼령들이 도열했다
삼천갑자를 돌아돌아 왔으리
그때의 기억은 대낮같이 또렷했다
못다 한 말들은 까만
점자로 도드라졌다
부르지 못한 노래
써 갈기지 못한 유언장들
마구마구 퍼부어대 듯
一千 마디 절규
붉은 혓바닥 오방기처럼 휘둘렀다
대신 전해 줄 이도
대변해 줄 이도
답답한 사립문만 삐걱거렸다
간절한 주문인 듯
절절한 진언인 듯
붉게 베어져 나오는 符籍 한 필
해종일 늦가을 볕의 끈질긴 기도
오다 말다 잡히지 않는 바람의 부채질

어금니 꽉 깨문 至誠의 발원문

鏡面朱砂 붉은 인주

化人으로 되살아난

핏물 든 금강경탑다라니 한 채

오후 3시

눈썹 짙은 해월스님 "나를 찾자"하니
또 비가 오기 시작한다
한 말씀 한 말씀 수박씨 뱉듯
내뱉을 때마다
빗줄기도 숙연하게
비워라 비워라
내 안 가득한 검은 씨앗들 비워라
죽비 내리칠 때마다
타닥타닥 빗줄기 굵기 더해 가며
없는 것 보라
없는 것 만들어라
허공 가르는 빗줄기
맥없이 곤두박질친다
불어터진 짐보따리들
한 줌 재로 사그라질 때까지
태우고 태워라
촛불이 바람에 일렁인다
투두둑 투두둑 빗소리

비워진 앞마당 말갛게 쓸고 있다

한 척의 지렁이

거구의 난파선 어디로 유랑하다 좌초 되었나
개미의 일개 사단이 구조에 나섰다
눈 깜짝 할 사이 낙엽 뒤집듯 뒤집힐 줄 알았는데
늘어지는 하루가 황소불알 늘어지듯 저문다
나비 한 마리 날아가다 주춤 합장 한다
독 오른 살무사 슬그머니 왔다가 사라진다
참새떼 비구름 몰고 왔다가 사라진다
물고기 떼 마스게임 하다 사라진다
시리아 난민들 국경 넘어 이곳저곳
쏟아진 국솥의 국물처럼 번진다
국경의 눈망울들 지루하게 바라본다
나는 발로 슬쩍 밀어버릴 수 있지만
새판 뒤집는 일은 저들만의 몫이라
짐짓 모른 채 그 곁 돼지감자꽃
낭창한 웃음소리 엿들을 뿐이다

* 리비아를 떠나 이탈리아로 가던 난민 약 400명이 지중해 해상에서 전복사고로 익사한 사건.

바위너덜 새고비

저곳에 삶이 꿈틀거린다
그 누가 불모의 땅이라 손사래 쳤나
거룩한 삶이란
흙이라는 단순한 진리도
물방울이란 지극한 순리도 아니다
서로의 믿음이 살려낸 기적이다
바위는 자신의 살과 피 내어주고
새고비는 일념의 뿌리 거침없이 내렸다
한순간도 풀지 않는 포옹
한순간도 놓치지 않는 갸륵한 눈길
말 한마디 없지만 오고 가는 온정
큰소리 한번 없이 요요한 물소리
귀로 듣고 마음으로 읽는다

메주

저마다의 무게 안고
각각의 방이 되었다
방들은 가십꺼리 피워내고
고약한 소문들 퍼뜨린다
차츰 삭막해져 가는 방들
꽃병이라도 놓아둬야 할 텐데
방들이 점점 어두워지고 있다
뒤주 안에 갇힌 사도세자
캄캄하게 닫히는 눈
하얗게 말라가는 입술
피 멍든 열 손가락 손톱
까맣게 타들어 가는 돌덩이 같은 육신
신음마저 새어 나오지 않는다
짧은 유언 한 마디 뱉을 수 없다
고독과 사투 벌이며 식어가고 있다
질긴 비라도 내리는 날이면
땅 치고 통곡하는 빗방울 심정될까
갈라진 논바닥 한 줄금

소낙비 일침 가하듯
빈방 찾아드는 이 하나 없을 때
막막한 우리도
메주처럼 목 맬 것인가

피리

스스로 울음 울 수 없는
누군가와 은밀한 내통
으스러진 뼈마디
사리알로 구르는 득음
때론, 속 깊은 바람같이
얇은 입김 불어 넣으며
잠자는 사자 깨어나지 않게
못물의 미지근한 숨결의 소심함
찢어지는 꽃잎의 비명도 없이
생명들 깨어나는 소리
초록나무들 머리 풀어
거듭 몸 헹구는 소리
명자꽃들 옹알이 하며
낱말 맞추기하는 소리
개울물이 앞구르기 뒷구르기 하며
재주 부리는 소리
빗방울이 꽃망울 어깨 짚어가며
꽃봉우리 입 열어젖히는 소리

열 손가락 한 땀 한 땀
막힌 숨통 틔워 발작하는
태초의 숨비소리

풀잎 위의 이슬방울

간들간들 촌각 다투는
찰라에 살다 갈 목숨
한 번뿐인 생인 듯
온몸으로 굴리는 우주
쇠똥구리 한 마리
통째 끌고 가는 무덤
한 생 바쳐 빚어내는
사리 몇 과

잡초

걷잡을 수 없는 항변들이다
아따, 거시기하당께
바랭이의 질긴 전라도식 사투리
새비까리 인기라
쇠비름의 투박한 경상도식 사투리
허벌라네유
으아리 덩굴의 칠칠한 충청도식 사투리
한 치 양보 없이 으르렁거리는 추문들이다
거친 목에 힘줄 돋우며 몰아붙이는 바랭이
낯 뜨겁게 침 튀기는 저돌적인 쇠비름
끈적끈적 이죽거리며 엉겨붙는 으아리덩굴
죽 한 숟가락 얻어먹지 못한 상추족들 숨 거두었다
물 한 모금 축이지 못한 부추족들 황달 들었다
지레 겁먹은 아욱족들 목줄 꺾었다
할 말은 하고 마는 민초들의 혁명이다

씨앗

콧등에 찍힌
씨앗 한 점
숨 쉬고 있는 거니
눈 감고 귀 닫아
무얼 꿈꾸고 있는 거니
노랑꽃 피울까 빨강꽃 피울까
봄이면 어떨까 여름이면 어떨까
일년생이면 어떨까 다년생이면 어떨까
이 궁리 저 궁리 몸 뒤척여 보지만
朴氏, 李氏, 金氏
전생에서 붙어 온 족보
봉숭아 씨는 봉숭아꽃
민들레 씨는 민들레꽃
해바라기 씨는 해바라기꽃
젖 먹던 힘까지 끌어모아
제 이름의 꽃 피우면 될테고
朴氏는 박꽃
李氏는 오얏꽃

金氏는 금잔화
터 잡은 곳 뿌리 깊이 박아
내생까지 탯줄대면 될테고
이 봄
씨앗 한 점 심어 볼까나

자정의 놀이터

다가갈 수 없어 눈물 어리고
붙잡을 수 없어 애타는
만지고 어르다 상처만 남긴
짝 잃어 심심해진 빈 공터
두 다리 쭉 뻗은 채 넋 나간 시이소
축 늘어진 엉덩이 천근만근 그네
폭포 줄기 같은 미끄럼틀의 아이들
들끓는 물이랑 마저 거둬 갔는지
목마른 미끄럼틀 실신한 듯 앉았다
아무 일 없었다는 듯 돌아간 얼굴들
온다는 말 없이 날아간 새들
기다리고 있는 빈 나뭇가지처럼
기다림은 늑장부리며 오는 봄처럼 하품하는 일
바람도 쉬고 싶은지 얼굴 내밀지 않는
자정의 놀이터
주머니 털어 보이듯 털어낸 속마음
아이들 떨구고 간 말들
모래알로 씹히는 시간

겨울비 때맞추어 말 걸어온다

뜬구름

그렇게 쉬 지울 수 있는 사랑이라면
애써 맺지나 말 것을
생각이 키워낸 어설픈 흉내쟁이
무늬만 살찐 속 없는 비누 거품
끈기라고는 눈꼽 만큼도 없는
올 풀린 스웨터 자락 같지요
줄 선 가로수 내려다보며
맺었다 푸는 것이 실체요
왔으면 가는 것이 법문이지요

대나무

꿈은 한 십 리 밖에 있다
그래도 하루 이틀 사흘 나흘 늘어지는 시간
앞뒤 돌아볼 겨를 없이
꿈 쫓아 허둥지둥 키 자라고
어쩜 하루 치의 댓가가 똑같은지
줄자로 측량한 듯 일정한 보폭
곁가지 하나 안 키운 일념의 길
다가서면 멀어지는 메아리 소리
늘 십 리 밖에서 손짓하는
잡을 수 없는 썰물 같은 것
허공 쓸고 있는 이파리
헛바람이랑 놀다가
헛구름이랑 살다가
존재마저 까맣게 잊혀져 갈 때쯤
쨍하고 꽃 필라나?

풀여치

네 집 없으므로
세든 내 방 찾았네
내몰려고 해도
보낼 곳이 없다
동 서 남 북 길은 열려 있는데
발걸음 놓일 데 없다
긴 더듬이 세워 추파 던져 보지만
처음인 듯 낯선 곳
벽으로 구석으로 헛발질이다
문밖은 온통 네 집이고
네 집이 아니다
이 집 저 집 시주하다
절간으로 돌아서는 탁발승 같다

달맞이꽃

보이던 사람 보이지 않고
들리지 않는 목소리 따라
긴 강둑에 서서
돌아보면 찌르레기 울음소리
공명으로 돌아올 뿐,
밭일 나간 조 씨 영감 며칠째 돌아오지 않더니
달맞이 고갯길 넘어갔다 한다
또 한 꽃잎이 모가지 꺾고
돌아오지 않을 고갯길 따라 늙어가리라

굳게 닫힌 대문 열릴 기미 보이지 않고
실신한 듯 쓰러진 마당 가의 바지랑대
기어오르던 나팔꽃 붉은 입술
폈다 오므렸다 시간을 잡고 놓아주지 않는다

명옥헌 배롱꽃

봄꽃 아닌
팔월 한낮 부풀어 핀 꽃
붉은 눈알이 천만 개
와글와글 구르는 소리 들린다
그 붉은 그늘 아래
왁자지껄 사람 소리 들린다
일념의 빛 잃지 않은
배롱나무 붉은 꽃등 켜 들었다
각혈하듯
얼마나 많은 사람 지나갔을까

제 **2** 부

사슴뿔

사슴뿔

뿔 가꾸는 데 온 정성 쏟아붓고 있다
겨울 숲 한 채 떠다닌다
물 한 모금도 뿔 되고
풀 한 포기 뜯어도 뿔 되는
그래서, 뿔로 살고 뿔로 죽는다
한때 면류관이었다가
금관이었다가 나뭇가지였다가
뿔로 일으켜 세운 一家,
까마득한 고전의 족보에도
잠자는 규장각의 실록에도
뿔은 무럭무럭 자랄 것이다
뜰 앞에 섰는 탱자나무 가시도
뿔이었을지 몰라
짓이긴 흑장미 빛 피가 흐른다
순하고 어진 사슴
뿔 한 채 이고 섰다

물보다 진한 피

북극의 원주민 이누이트 사냥꾼에 의해
일각고래 한 마리 작살에 꽂히고
몇 발의 총탄에 즉사했다
입에서 쏟아져 나온 핏물
바닷물이 피 흘리고
만년설이 피 흘린다
작은고모 시집가던 날 잡은 돼지 한 마리
꽥꽥 죽을 힘 다해 울부짖었다
한 세숫대야 쏟아놓은 핏물
숨 거두지 않은 노을 같다
맨드라미꽃 벼슬에 핏물 고인다
한여름 밤 내 피 빨아먹고
내 손에 죽은 모기
손바닥이 피 흘리고
흰 벽지가 피 흘린다

밀물썰물

어디까지 갔다 왔느냐
내가 손 닿지 않는
그곳은 무탈하던가
혼자 가서 까마득한 세상
속속들이 가르쳐 주고 왔느냐
물 밖에 물이요
구름 밖에 구름 뿐
더 이상 가르칠 게 없더라
올 때는 빈손으로 오지는 않았느냐
망둥어며 바지락이며
발가락이 젓가락인 털게들
대동하고 왔느냐
우린 처음부터 한 몸이어서
가지고 올 게 따로 없더라

거조암

길 뜨면 나를 볼 수 있다는 말에 집 나섰다
송림사에는 보이지 않고
한티재에서도 보이지 않았다
제2석굴암 앞에서도 흔적은 없었다
앞 줄 뒤 줄 셋째 줄…
한 명 두 명 열 명…
스무 명 스물두 명 삼십 명…
백 명 옆 이백 명 사백 명…
이 잡듯 뒤져도 나는 보이지 않았다
십 원 동전이 오백 개
백 원 동전이 오백 개
초코파이가 오백 개
땅콩 알사탕이 오백 개
장미꽃이 오백 송이
앞앞이 공평하게 차고 앉아
조는 듯 웃는 듯 장난치는 듯
마음은 콩밭에 가 있듯
물 흐르듯 흐르고 있었다

삼백육십 다섯 번째 보현존자
짙은 눈썹 우뚝 솟은 코
혓바닥은 입천정에 붙일 듯 말 듯
섹시한 장미꽃에 마음 뺏긴 듯
고심하는 콧날 응시하고 있었다
아 아, 낯익은 내가
백 번 절하고 암자 바삐 빠져나올 때
무심한 새 한 마리 건듯 지나가고 있었다

장독간 항아리들

한철 동안거 든 운수납자들
밑도 끝도 없이
이 뭣꼬
놀란 바람 바람대로
실없는 구름 구름대로
긴가 민가
이 뭣꼬
까맣게 타들어 가는
간장독 간장의 마음 내 마음
누렇게 삭아가는
된장독 된장의 마음 네 마음
보일 듯 말 듯
이 뭣꼬

능소화, 담 넘어 피는 것은

기다림은 담장 밑에서 시작되는 것
늘어진 모가지 담을 넘는다
한눈에 가득 차던 사랑
두 번 다시 가둘 수 없어
목메이게 헛꽃만 피운다
매혹의 극치는 원거리를 요한다는 것
낱낱의 섬세함보다
전체의 실루엣을 원한다는 것
그리움은 길게 길게 목 늘리는 것

분꽃 씨앗이 말하길

내년에도 똑같은 모습으로 보자
닫혔던 조리개 풀며
새까만 눈동자 반짝인다
샛노란 금관악기 속 노래도
연초록 치맛바람도
반반씩 섞인 홍조 띤 사치도
새까만 눈동자에서 뿜어져 나온 빛깔
한 알 한 알 조심스럽게 발라내며
너에게 약속한다
바람 잘 통하는 서늘한 곳에
누구의 손도 타지 않는 그늘진 곳에
몰래 숨겨 두었다가
변치 않는 그 마음 그대로
네가 좋아하는 볕이 가장 으뜸인 날
가랑비 적당히 내려 고슬고슬한 땅
말똥말똥 굴리던 눈동자 새로운 등불 밝히길
한 알의 허실 없이 꼭꼭 여물어
오늘 이 모습으로 다시 만나자

눈 맑은 사촌 옥이 열아 홉 살에 가서
두 번 다시 볼 수 없지만

북소리

미꾸라지 한 마리 분탕질하고 간 웅덩이
왜가리 한 마리 위태로운 모가지 외로 꼬고
깊은 시름에 잠겨 있다
간밤 꿈을 잘못 꾸었나 때아닌 복병이라니
두 번 세 번 걸러서 먹는다는
정수기가 필요할 법도 하다만
끈기로써 기다릴 수밖에
일경 이경 헤아리다 보면
제풀에 기가 꺾이는 법
끓는 속 뚫어지게 보고 있노라면
거짓말처럼 사라지는 분노
말갛게 얼굴 비춰오는 거울같아
혹시 깨질세라 톡톡 건드려 보며
갈증의 부리 쿡 찔러본다
아! 이 맛이야
살맛 나는 풍상은 한바탕 휘몰이장단
치고 가는 북소리 뒤에 오는 것

누 떼가 가는 길

목숨의 거룩함이여
고행하는 성자들이여
무엇을 구하러 가는가
불구덩이, 가시덤불, 모래언덕
네 가는 길 앞에 한낱 바람일 뿐
검은 강 건너는 징검돌일 뿐
힘 다 떨어진 노쇠의 죽음일 뿐
발등 쫓아 걷다 보면
온몸 던질 수 있는 法 만나리

앵두나무 우물가에

간통이라도 한번 만끽하고픈
고적한 우물가 열무 씻는
소리만 샬라샬라
물바가지로 퍼내고 퍼내어도
새 한 마리 날아들지 않네

아무도 몰래 생산해 놓은 샘물
내 것인 양 마구 퍼내었네

금은보화라면
엿하고 바꾸어 먹으련만
세 동이를 퍼내든가
네 동이를 퍼내든가

늘 그만큼 채워지는 마술나라
금 나오라 뚝딱,
은 나와라 뚝딱,
그런 도깨비나라도 있었다네

하루에도 서너 차례 우물가 찾지만
처녀 총각 눈 맞추어 달아난 일 없고
혼자서 춘향이 마음 되어 다소곳이
물 길어 올리지만
이도령 같은 그림자 하나
얼씬거리지 않았네

복사꽃

화려한 알리바이는
증거를 낳기 위한 성대한 의식
이 동네 저 동네 산 넘어 동네
벌들까지 미사 올린다
이따금 봄비의 찬송으로 살쪄간다
그에 질세라, 정 넘치는 바람의 보시
때로는 화려한 사치가
증거인멸의 걸림돌 되기도 한다
난무하는 결정적 단서 놓칠 수 있으므로
떠들썩한 잔칫집 상에
배곯은 거지 눈물짓고 나온다

칡꽃 따라

못 오를 길 없다 손짓하는
너의 길 따라가다
놓쳐버린 나의 길
산길은 절망의 가시덤불
이빨 가는 탱자 가시 위는 어떻고
도도한 이기심의 돌담 위는 어떻고
저승보다 먼 지붕 위는 또 어떻고
한번 먹은 마음
세상 통째 삼킬 배짱
너의 그늘에 가려진
멍든 꽃타래 가닥가닥
살아 있다, 살아 있다
입술 깨물며
토해내는 토악질처럼

찔레꽃

찔레꽃은 필시 사람일레
찔레꽃이라 가만히 되뇌이면
왜 이렇게 쓰라릴까
송곳니에 깨물린 듯

핏기없는 얼굴 가만히 들여다보면
왜 눈물이 날까
몇 겁 생에 다시 환생한
낯익은 얼굴인 듯

끝 간데 모르고 뻗친 손
주인 없는 허공 버둥대는
독가시 앞세워 땅 따먹는 듯

머리 풀고 퍼질러 앉은 모습
그렁그렁한 눈동자
깜박 취해 꿈꾸는 듯
흰나비 한 마리 앉았을레

일월산

일월산 갔다던 사람
해가 가고 달이 가고
한 해가 가고 몇 해가 지났다네
그림자도 사라지고
목소리마저 바람 타고 날아갔다네
돌문에 갇혔나 선녀탕에 갇혔나
문 여는 소리 들리지 않고
낭자한 웃음소리 들리지 않네
출렁이는 긴 사닥다리 놓아드릴까
공중 나는 자일이라도 던져드릴까
승냥이처럼 으르렁대던 매운 바람소리
언제 그랬느냐 외면하며 돌아가 버리고
四更 헤매며 울부짖는 불여귀
일자봉 넘보며 월자봉 쪼아대며
이대로 숨 쉬며 살아 있어도 되는지
묻고 있다네 울고 있다네

자화상

내 얇은 귀는 흔들리는 나룻배
뻣뻣이 고개 쳐든 누런 보리 이삭
바람이 몸 베는 날 세운 은장도

하늘 향해 칼질한 적 없는
애꿎은 나를 베고 베는 칼날

오십 고갯마루 덜컥
반 줄어버린 못물
가죽 남기고 떠나간 물비늘
수면엔 주름 가득
움푹 파인 눈엔 수심 가득
제 몸 벼리다 녹슨 은장도

제 **3** 부

매미 소리

낙엽송

천등산에 우뚝 홀로 섰어라
고슬고슬한 볕과
삼백예순날의 염원으로
발끝부터 머리끝까지
황금바늘과 금실을 낳았어라
봉정사 부처님 전 금란가사
올올이 지어 올리고
풍화에 마모된 극락전 단청까지
한 땀 한 땀 뜨고 싶어
온몸에 경련이 일었어라

딱따구리

주지 스님 탁발 간 사이
예불시간 기다리는 삼존불
오늘도 역시 말씀은 없고
감은 듯 뜬 눈으로
점잖게 앉아계신다
안절부절못하다 몸 달군 딱따구리
법당 앞 날아든다
귀동냥으로 읊었던 목탁소리
따따따 따다다다닥
딱딱딱 따따따따딱
잘해 보려고 용쓰니
헛손질이 잦다
딱딱딱 따다다다닥
딱딱딱 따다다다닥
잘했다고 박수 치는 사람 없고
못했다고 흉보는 사람 없어도
갈고리 같은 부리 다 닳도록
예불 끝내고 돌아가는 딱따구리

날갯짓 한결 가뿐하다

절

절하는 곳
절절한 시름들 고이는 곳
일배 삼배 백팔배 삼천배
일만배 먹히며
나를 접는 곳
방아깨비처럼 연신 무릎 꿇는 곳
풍경은 죽은 물고기에게 먹히고
북은 북채에게
징은 징채에게
목탁은 목탁채에게 먹히며
조복 받는 곳
시장 나서듯 준비 없이 나서지만
쉽게 넘을 수 없는 문턱
등산 가듯 등짐 지고 생각 없이
올랐지만 산 넘어 산
我가 있는 이 땅에 절은 없다
我가 없는 이상향 그곳에나 있을까
내 집을 잠시 풍광 좋은 산중에

옮겨놓은 것뿐

단풍

큰스님 불 들어갑니다
법정 스님 다비장,
초록 장삼 내려놓고
누더기 장삼 전하며
새집에 들겠네

반달

아차 하는 순간
한쪽이 무거워 떨어지겠다
캄캄한 절벽뿐이다
언제까지 숨 헐떡이고 있을까
식은땀이 난다
남강에 왜장 껴안고 몸 던진 논개처럼
풍덩 던지고 싶은 몸뚱이,
있어야 할 자리 지키는 것 뿐

대파를 썰다가

기억 더듬어내듯
돌돌 말아두었던 추억
동글동글 뱉어낸다
백 리 끝 실개천 물 지팡이 더듬어 오고
먼 곳의 햇님 방랑객 되어 돌아오고
내 옆의 바람 팔도강산 순례하고 온다
점 하나 까만 씨눈 속 쟁여두었던
천 갈래 허연 머리칼
든든한 바탕이었다
바래지 않는 푸른 외출복
당당한 주인이었다
굽힐 줄 모르는 곧은 생각
나를 지키는 자존심이었다
칼칼한 성미 몰래 감춘 건
누구나 쉽게 접근할 수 없는 무기였다
누가 뭐라 해도 끈적끈적한
눈물 보인 까닭은
한 번 사귀고 나면

오래오래 각인 되는 정이므로
돌아 돌아온 길
달님이 수미산 휘돌아 오고
지구가 쉼 없이 돌고 돈다

느림보 거북아

꼬부랑 고갯길 넘어
언제 서울 가겠니
짐 무거워 못가나
다리 짧아 못가나
엉금엉금 내 청춘 다 가겠네

용궁에서는
일 년 열두 달
거북이들 불러 모으는데
그중 왕거북 등용한다는데
궁마다 선호하는 식성들 달라
끼어들기가 토끼 머리의 뿔이요
거북 등의 털이라
저마다 혹 하나씩 안고
돌아오는데 쓰러지면 또
일어서는 오뚝이의 필살기

갈 길 먼 느림보 거북아

영차영차 고래등 보이네
찡한 코끝 매만지며 죽은 듯이
걸어갈 뿐이네

앨범에서 찾다

그냥 그렇게 멈춰 버렸다
땟국물 줄줄 흐르는 나일론 체육복
초가집 처마 같은 단발머리
질기고 질겨 돌부리에 갈던 고무신
방금 산 새 신처럼 빛나고 있다

발목 빠지는 모래밭 깊숙이 몸 심은 채
깃발처럼 꽂혀있다
한 발짝도 내딛고 싶지 않는
키 큰 미루나무 손짓하며 부추겨 보지만
머리카락 한 올 나부끼지 않는다

가도 가도 끝없는 모래밭
밀고 밀치며 떠밀려가는 내량천
멀찌막이 앉아 남의 일 보듯 수수방관
시시때때 얼굴 바꾸며 몸 푸는 구름
머리 이고 선 열 살 촌티 애송이

사십 고개 넘어 들여다본
너는 풋사과처럼 터질 듯한 볼인데
거울 앞 풀죽은 꽃대궁 몹시 낯설다

전원주택 사이 무덤들

지겹도록 살아온 주검들 사이로
새로운 주검들 이사 들어오네
먼 산 바라보며 순간순간 죽어가는 것은
너나 나나 마찬가지
흙 속에 갇히거나
콘크리트 벽에 갇히거나
닫아거는 것은 마찬가지
잔디 지붕 갈아주고
가끔 잔 올리고 섬기는
내 속에 살아 있는 주검이나
주무르며 갖고 놀던 찌든 도시
버려두고 나만 살자
몸 빠져나온 죽은 정신이나
꽁꽁 자물쇠 채워둔 폐가나 마찬가지
영원을 찬탄하듯
철제울타리 치고 녹색 페인트 칠하고
불구같이 왼쪽으로 늘어진 노송 옮겨 심는다
처음부터 관심 밖의 일인 듯

빈 밥그릇들 이쪽으로 밀치든

저쪽으로 갈아엎든

너나 나나 다를 것 하나 없다며

여태껏 지켜온 산지기들

근엄한 사천왕들처럼 빙 둘러선다

매미 소리

몇 겹의 업 짊어졌길래
참회의 염불 소리
식음 전폐하고
밤낮없이 엎질러 놓는가
새소리도 발붙일 데 없고
바람 소리마저 숨 거둔
네 소리,
한 벌의 옷 남긴 건
이 땅에 왔다 간 증거
목탁 소리 문풍지 찢고 나오지만
돌 속에 갇힌 한 사람
걸어 나오지 않네

사랑 타령

눈물로 말할 것 같으면 한강물이요
술로 말할 것 같으면 태평양이요
기다림으로 말할 것 같으면 기린 목이요
애끓는 심장으로 말할 것 같으면 끓는 팥죽이요

네온 불빛 도깨비로 달려오고
흰 옷 입은 사람 혼불로 날아오고
넓은 창가로 눈길이 자주 가고
소리 쪽으로 귀가 걸어가고
마음이 풀밭에서 놀 듯
당신 안에서 놀고 싶네요

팽팽하던 끈 놓으니
장벽은 허물어져
나는 사라지고
빈껍데기만 남네요
등신불 하나 남네요

붕어빵 명상

자양댐에서 코 걸려든 붕어 떼
꼬리, 지느러미, 눈알들 어디 갔을까
겁 없이 삼켜버렸던 시신의 잔해들
몇 겹 생 골목길 돌고 돌아
길모퉁이 붕어빵틀 불구덩이에서
새삼 완성되는가
살점들 엉킨다 내장들 이식된다
눈알들 구른다 건장한 몸통들 살이 오른다
지느러미가 흔들린다 꼬리가 뻣뻣하다
몇 초에 조립된 플라스틱 로봇같이
이게 나일까 저게 나일까
혼과 육신 제각각 자유로운
감나무 되었고
검정개 되었고
호박꽃 되었고
내가 되었고
달마가 되었다

개미 떼

입적한 대덕 스님 다비장에라도 가는 걸까
만 리 길 만리장성 넘어
천 리 길 두만강 건너
소문에 소문 물고
열두 칸 짐짝 끌고 가는 십이 열차
긴 꼬리 같은 장례행렬
발소리 숨소리 죽인 채
끝도 시작도 없는 은하 물결
정찰병도 무전병도 사이사이 끼여
이탈자 길 잃은 자 하나 없는
잘 길들어진 대이동
검은 상복 갖춰 입은 병정개미 떼
요령 소리 만장 펄럭이는 소리 들리지 않지만
한목숨 연기처럼 사라지는 불구덩이 앞에서
떼로 모여 우주 들썩이게 한다

왕벚나무

누군가
법당에 올릴 저녁 공양미 쏟아놓았는지
마당 가득 허연 이 드러내고 웅성거리는
흰 쌀 톨들
요사채로 굴렀다가
극락전으로 굴렀다가
봄바람 이끄는 대로 끌려다닌다
그냥 두고 보기가
안쓰럽고 민망해서인지
왕벚나무 가지가 그늘 씌워주며
선정에 들었다
운흥사 절간이 구름 속으로 가라앉을 때까지
저녁 공양 지을 보살은 온데간데 없고
부처님 전, 소담스런 이밥 고봉으로
공양 올리는 왕벚나무 한그루

제 **4** 부

부처와 보살

부처와 보살 · 1

한 뼘 넘는 대초의 몸뚱이에
문신 새기듯 이름 석 자 새겨 넣고
빽빽이 갈겨놓은 소원 뭉치들
촛농이 씹어 삼켜 소화시켰다
양초가 성불했을까
보살이 성불했을까
산신할배는 늙은 호랑이 엉덩이만
만지작거릴 뿐
옆에서 지켜보고 있던
돌미륵 콧등만 지그시 내려다볼 뿐
볼 일 없다는 듯 헛기침하고
휑하니 가버리는 까치 한 마리

부처와 보살 · 2

경전의 부처님은
상을 버려라 누차 말했다
초파일 연등의 꼬리표에
제 이름 석 자 찾아 헤매는 보살
법당 하늘 줄지어 서 있는
꼬리표 찾아 헤맨다
앞줄
뒷줄
가로
세로
분홍 등
황색 등
홍길똥이가 없다고
홍길똥이가 없어졌다
길똥아
길똥아
경내에 메아리쳤다
이름표가 복 받나

연등이 복 받나
내 마음 챙겨 볼 일이다

부처와 보살 · 3

안개가 턱밑까지 쳐들어 와
억눌렸던 분노 폭발하고 간 아침
구타하는 남편과 별거하고
남편 이름 뚜렷이 새긴
호롱불 켜 놓고 삐꺽이는 관절 굽혀
합장하던 보살
촛농같이 흐르던 눈물
꼬깃꼬깃 구겨졌던
손수건이 얼른 훔쳐간다
찌부둥 구겨진 하늘도 활짝
보지기를 펼쳤다

부처와 보살 · 4

반야심경 270자
숨죽이며 베껴 써서
아미타불 복장 속에 넣어두었다
꼭꼭 씹어 소화 시켜
빛바래어 녹아들면
문수보살 될 수 있을까

부처와 보살 · 5

딱따구리가 드릴 같은 부리로
참나무에 구멍 뚫는 것은
오래된 습관 탓 아닐까
습관이 바뀌면
운명이 바뀐다는
어록 앞에
딱따구리처럼
두드리라 목탁을
두드리라 일념으로

부처와 보살 · 6

두 눈으로 한 곳 본다
두 귀로 한 소리 듣는다
두 발로 한 길 간다
두 손으로 한 물건 만든다
우리 모두 결국 한 무덤 판다

부처와 영빈보살 · 7

"용두산아 용두산아 너만은 변치말자"
가장 노릇 버거울 때면
무심코 흘러나오는 타령조
너무 일찍 간 남편도 무심하고
늦게 얻은 아들자식도 한심하고
굽은 허리 모진 마음 도구 삼아
쉼 없이 굴려온 수레바퀴
손 없는 날이면 붕어빵 틀에서
붕어빵 찍혀 나오듯 쏟아져 나오던
신랑 신부, 연지 찍고 족두리 씌우고
사모관대에 도포 자락 입혀주며
새 출발 하는 새 가정에
알밤 같은 자식들 생산하라며
생밤 던져주고 시부모님께
술도 따라 드리고 이팔청춘 시집올 때
그날같이 다소곳이 절도 올린다
엉덩이 펑퍼짐한 늙은 수모지만
영빈실에서 만은 새색시다

"옴 마니 반 메 훔"만 외우면
극락 간다던 어깨너머 법문으로
용두산처럼 굳게 믿고 황소처럼
일하다 간 영빈보살

나비 떼와 구더기 떼

극락과 지옥은 한 끗 차이

여기 두고 어디서 찾았나
왔는지 갔는지
신선의 옷자락 물결만 일 뿐
해가 지지 않는 대명천지
등꽃의 버선발에 잠시 잠깐 입 맞추다
컴프리꽃 보랏빛 작은 종 흔들어 보았다
아카시아 새하얀 이 톡톡 건드려도 보았다
온갖 재미난 놀이 독차지한 극락 간 나비 떼

똥통에 머리 처박고
이곳만이 내 세상이다
와글와글 바글바글
고개 한번 쳐들지 못하는
오직 먹고 보자
한 치 앞 볼 수 없는 똥덩어리 밟고
올라설 수 없는 구수한 똥 맛에

길들어진 지옥중생 구더기 떼
아직 우글거리고 있다

개구리와 두꺼비 세기의 대결

안개장터, 두 눈 부라리는 개구리
앞다리는 어깨너비로 떡 버티고
뒷다리는 곧 튀어 오를 용수철 근육이 불끈
갈퀴발은 부챗살 펴듯 현란하다

한 뼘 사이
반쯤 부화한 뱀 대가리 하나 꼬물거린다
언제쯤 꼬리는 껍질 부수고
한목숨 완성할까

구름 사이 반쯤 얼굴 가린 햇님
못내 궁금한 듯 기웃거린다

바소구리만 한 입 크게 벌린 두꺼비
앞다리는 턱밑까지 높게
뒷다리는 엉덩이 밑으로 낮게
공기 가득 채운 뱃심으로 밀어붙일 태세다

갓 지은 밥 한 그릇처럼
누구 입에 먼저 들어갈까
그 밥 궁금한 나는
안절부절못한 그 새,
텅 빈 안개 장터 먹구름만 몰려온다

개구리와 두꺼비의 대담

두 눈 뜨고 못 보겠다
야바위판 돌아가는 꼬락서니
뒷발로 이단옆차기 해 버릴까

입 있어도 말 못 하겠다
둘러치고 메치고
눈 가리고 아웅하고
먹은 돈 안 먹었다 입 쓱 닦고
간에 붙었다 쓸개에 붙었다
양심은 저당 잡히고
목소리 큰 놈 완장 차고
가방끈 긴 놈 쇠고랑 차고
말하자니 입 아프고
두고 보자니 속 쓰리고

얼큰한 해장술로 속풀이 하듯
등때기 긋고 가는 송곳비 올 날만
목 빠지도록 기다려 보세

가재와 구더기

너와 나는 노는 물이 다르잖아
찬물에서 참신하게 참마음으로 살지
졸졸졸 작은 웅덩이에서
목축일 만큼의 양식으로
새끼들 기르지
가계가 훤히 보여 감출 게 없지
거울같이 들여다보는 하느님은 아실 거야

나는 진창에서 천국이라 생각하며
찐득찐득 질기게 살지
흥청흥청 똥물에서 배 두드리며 살지
먹어도 먹어도 허기지는 아귀 목구멍
득실득실 새끼들 내까리며
유구한 족보 내림받지
검은 휘장 속 아웅다웅,
돋친 날개 눈앞이 우화등선이라

귀뚜라미와 이끼

어디론가 훌훌 떠났는지
중생들 없는 법당
귀뚜라미 저들만의 세상이네
영가단 마룻바닥에서
고개 처박고 합장하네
닦을 업이라도 있는지
쌓을 공덕이라도 많은지
천수경 반야심경 금강경
풀코스 삼매에 들어 참회 중!
심심하던 불보살들 옳다 싶은지
말없이 눈으로 점 찍으시네
며칠째 소낙비 먹은 기왓장의 이끼들
우루루 몰려와
업장소멸 하는 중!

사랑 · 1

펜촉 같은 비둘기 부리로 몇 번을 쪼아야
그 물 다 마시겠는가
한 모금 한 모금 쪼으며 갈증 풀다 보면
저수지 물 마르고 한강 물 마르겠는가
한 땀 한 땀 자수로 산수화치 듯
한 폭 한 폭 엮어가나 보다, 사랑은
결코 서두르지 않고 마음 조급해하지 않고
비둘기가 펜촉 같은 작은 부리로
웅덩이 고인 물 쪼으듯
그렇게 그렇게 한사랑 보태어 가나 보다

사랑 · 2

평생이 뭐며 영원이 무엇이더냐
불붙던 장미꽃도 사위어 가는데

언약이 뭐며 기다림이 무엇이더냐
새끼손가락 걸던 찔레꽃도 낱낱이 지는데

눈물은 뭐며 다이아몬드는 무엇이더냐
왕관 만들던 빗방울도 흔적없이 사라지는데

사랑 · 3

— 철쭉제

오매 흥분되는 것
껴안고 뒹굴고 넋 놓고 싶어라
홍조 띤 새각시 안고
해지도록 질탕하게 살풀이하고 싶어라

우주

또 누군가 한 사람
지구를 이탈했나 보다
서쪽 산 넘어 에고 에고
숨 놓는 소리 들릴 때
동쪽 마을에서 응애 응애
숨 트는 소리 맞받는다
꽉 맞물려 돌아가는 자전거 체인
한 치의 오차도 허용 않는 등식
느슨하지도 꽉 조이지도 않는
앞바퀴와 뒷바퀴의 팽팽한 조율
그래서 우주는 기우뚱하지 않는 것

촛불

본래 나는 없었다

없는 나를 찾아 떠나는
구도의 시학
― 김도향 시집, 『맨드라미 초상』에 대한 소략한 감상

복 효 근

(시인)

없는 나를 찾아 떠나는 구도의 시학

— 김도향 시집, 『맨드라미 초상』에 대한 소략한 감상

복 효 근
(시인)

본래 나는 없었다

—「촛불」 전문

김도향 시인의 시 세계를 관통하는 일관된 주제는 불교적 가
치관의 추구라고 할 수 있다. 어떠한 소재를 취했다 하더라도

어떤 제목의 시를 보더라도 그 뿌리는 이 주제에 닿아있음을 알게 된다. 그가 다양한 소재와 또 다른 주제로 시 창작에 종사해왔을지라도 이번 시집은 그렇게 기획되었거나 이전과 이후의 시 창작 전체를 관류하는 큰 흐름이 그렇지 아니할까 하는 확신을 갖게 한다.

그렇다고 김도향 시인의 시를 본격적 불교시 혹은 종교시라고 규정하는 것은 그의 시를 너무 좁게 한정 짓는 것 같아 조심스럽다. 그의 시는 교리나 경전의 내용 혹은 선지식의 가르침이나 깨달음을 시적인 형식과 운율로 노래한 관념적 종교시 혹은 신앙시와는 다른 모습과 색깔을 지녔기 때문이다. 개인의 구체적이고 세속적인 삶 속에서 퍼 올린 다양한 서정이 불교적 가치관과 만나는 지점에 김도향의 시가 놓인다는 점에서 그렇다.

'불교적 가치관'이라는 말을 사용하였지만 '불교적'이라는 수식어는 여기서 그의 시를 너무 편협하게 단순화하여 표현한 측면이 없지 않다. 그의 시는 '명상'과 '관조'라는 시적 방편을 통해 '참 나'를 찾고, 어느 하나의 종교에만 국한되지 않는 깨달음의 세계를 지향하고 있기 때문이다. 따라서 '불교적 가치'라는 표현은 그의 시 세계를 요약하여 설명하고자 필자가 편의상 선택한 어휘일 뿐이다. 자아의 내면에 대한 깊은 성찰과 자연과 객관적 세계에 대한 통찰, 드러난 현상의 이면에 자리하고 있는 본질에 대한 천착 등 어느 하나 수식어로 한정할 수 없는 폭넓은 스펙트럼을 가지고 있기 때문이다. 김도향 시인의 시 세계를 범박하게 말하자면, 그의 시는 명상과 관조를 통해 눈앞에 펼쳐진 세계 즉, 풀잎과 나무와 바위, 사람과 새 등 자연과 나날의 세속적 삶 속에서 '나'는 어떤 모습과 색깔을 지녔는지 그리고 '나'가 본래는 어떤 모습이었는지, 어떤 모습이어야 할지 그 '참 나'의 실상을 찾아가는 여정의 기록이다.

다음 인용된 시를 보면 그의 시가 어떻게 착상되었으며 시 창작에 임하는 태도, 나아가서 삶에서 추구하는 방향이 무엇인지를 짐작할 수 있다

눈썹 짙은 해월스님 "나를 찾자"하니
또 비가 오기 시작한다
한 말씀 한 말씀 수박씨 뱉듯
내뱉을 때마다
빗줄기도 숙연하게
비워라 비워라
내 안 가득한 검은 씨앗들 비워라
죽비 내리칠 때마다
타닥타닥 빗줄기 굵기 더해 가며
없는 것 보라
없는 것 만들어라
허공 가르는 빗줄기
맥없이 곤두박질친다

불어터진 짐보따리들
한 줌 재로 사그라질 때까지
태우고 태워라
촛불이 바람에 일렁인다
투두둑 투두둑 빗소리
비워진 앞마당 말갛게 쓸고 있다

— 「오후 3시」 전문

눈썹 짙은 해월스님은 참된 자아를 찾아야 한다고 말씀하신
다. 그에 대답하듯, 혹은 마치 해월스님의 말씀을 그대로 펼쳐
보이는 듯 빗줄기가 숙연하게 내린다. 빗줄기는 마치 "비워라
비워라" 말하듯이 먹구름 속에서 스스로를 비워낸다. 이는 시
인에게 곧 "내 안의 검은 씨앗"을 쏟아내 비우라는 뜻으로 읽
힌다. 내 안에 켜켜이 쌓인 무명無明의 종자들(삼독三毒 ; 탐貪, 진
瞋, 치癡)을 비워내는 게 수행이고 그것이 곧 나를 찾는 길이라
는 뜻이겠다. 그리고 다 비워낸 그 끝에 놓인 "없는 것"을 보라
한다. 먹구름이 걷히고 환한 빛이 가득 차듯 '나'를 발견할 것
이라는 뜻이다. 아무것도 없는 그 자리가 바로 '무無'이며 '공
空'의 자리다. 세상 만물은 아무것도 없는 그 자리에서 비롯되
었으며 지금 나라고 하는 것도 실체가 없는 존재라는 것이다.
끊임없는 변화 속에 있는 모든 존재는 불가의 가르침으로 말

하자면 실체가 없는 것이다. 단 1초 전의 나도 여기에 가져올 수 '없고' 지금 나라고 하는 것도 머물러 있지 아니하며 1초 뒤의 나도 예측할 수 없다. 머물러 있지 않는 것이 존재의 실상이다. 금강경의 말씀처럼 "과거심불가득過去心不可得, 현재심불가득現在心不可得, 미래심불가득未來心不可得"이다.

타오르는 촛불도 말한다. "불어터진 짐보따리들/ 한 줌 재로 사그라질 때까지/ 태우고 태우라" 한다. 무엇을 태우라는 뜻일까? 앞서 "없음"을 지향한다고 했을 때 태워 버려야 할 그것은 아마 '상相'일 것이다. 부처가 고통의 근원으로 말씀하신 아상我相, 인상人相, 중생상衆生相, 수자상壽者相이 그것이다. 나라는 존재가 실체가 있다고 하는 상, 내가 인간이라고 하는 분별심, 내가 중생이라고 하는 자기규정, 내게 유한한 목숨이 있다고 하는 집착 등이 바로 그것이다. 이러한 상을 여읜 자리에 참된 '나'가 있다는 것을 스님의 설명으로서가 아니고 비가 내리는, 촛불이 타오르는 모습으로 형상화하고 있다. 아마 스님의 말씀이나 경전의 내용을 서술했다면 이 글은 시가 아니고 설명이나 논설이 되었을 것이다. 관념적일 수 있는 주제를 비와 촛불이라는 객관적 상관물을 끌어들여 자연스럽게 구체적인 형상으로 빚어놓은 것이다.

절하는 곳

절절한 시름들 고이는 곳
일배 삼배 백팔배 삼천배
일만배 먹히며
나를 접는 곳
방아깨비처럼 연신 무릎 꿇는 곳
풍경은 죽은 물고기에게 먹히고
북은 북채에게
징은 징채에게
목탁은 목탁채에게 먹히며
조복 받는 곳
시장 나서듯 준비 없이 나서지만
쉽게 넘을 수 없는 문턱
등산 가듯 등짐 지고 생각 없이
올랐지만 산 넘어 산
我가 있는 이 땅에 절은 없다
我가 없는 이상향 그곳에나 있을까
내 집을 잠시 풍광 좋은 산중에
옮겨놓은 것뿐

—「절」 전문

절은 몸을 접어 "방아깨비처럼 연신 무릎 꿇으며" 절하는 곳
이라 규정한다. 왜 수백 수천 번 절을 하는 것일까? 깨달음의

최고 자리에 이른 부처께 존경의 뜻으로 몸을 낮추고 그 가르
침을 따르겠다는 약속의 의미가 크다. 그런가 하면 절 그 자체
로 수행의 방편으로 삼기도 한다. 절집은 "시장 나서듯 준비 없
이 나서지만/ 쉽게 넘을 수 없는 문턱"이며 "등산 가듯 등짐 지
고 생각 없이/ 올랐지만 산 넘어 산"이다. 앞서 말했듯이 '나'
라는 상을 내려놓지 않고서는 부처 가까이 갈 수 없기 때문이
다. "아我가 있는 이 땅에 절은 없다"고 시인은 말한다. 그래서
'아我'를 내려놓는 방법으로 절 수행을 하는 것이다. 비워내는
방법이고 나를 낮추고 지우는 방법이다. "절절한 시름들"이 어
디서 비롯되는가? '나'라는 '상'에 집착하여 얻은 것이다. 시
인이 시를 쓰는 작업이 이러한 수행과 맞물려 있어 '나'를 비
우고 참된 '나'를 찾는 일과 다르지 않다. 몇 천 미터 산은 넘
어설 수 있지만 2미터도 안 되는 나를 넘어서기가 그렇게 힘든
것이다. 삼천배, 일만배에 나를 먹히는 일이다. 나를 버리는 일
이다. 버려야만 얻게 되는 그것은 고행에 가까운 수행이다.

꼭 절만이 아니라 시인의 행주좌와어묵동정, 모든 경험은 나
를 찾는 수행과 연결된다. 절에 가서 절만 해서 얻을 깨달음이
라면 몇 천 년 그 많고 많은 운수납자들 그리고 많은 중생들이
수행을 하겠는가? 시인은 장독간의 항아리를 보면서도 수행하
는 운수납자들을 떠올리며 "이 뭣꼬" 화두를 떠올린다. 이것은
시습마是什麽. "무명無明에 싸인 이 존재는 무엇이냐?" 하고 의문
을 품고 참구하는 불가의 대표적 화두다.

한철 동안거 든 운수납자들

밑도 끝도 없이

이 뭣꼬

놀란 바람 바람대로

실없는 구름 구름대로

긴가 민가

이 뭣꼬

까맣게 타들어 가는

간장독 간장의 마음 내 마음

누렇게 삭아가는

된장독 된장의 마음 네 마음

보일 듯 말 듯

이 뭣꼬

— 「장독간 항아리들」 전문

　'나' 란 어떻게 생겼으며 없다 하는 나는 어디서 찾을 것인
가? 그것을 찾기란 "밑도 끝도 없"는 노릇일 수밖에 없다. 나
를 찾겠다고 몸부림칠수록 "놀란 바람에 실없는 구름"에 마음
끌려다니기 일쑤고 "이 뭣꼬" 할수록 "긴가 민가" "까맣게 타
들어 가는 / 간장독 간장" 같고 "보일 듯 말 듯" 누렇게 삭아
가는 된장독 된장 같은 마음일 뿐이다. 수행의 지난함을 장독

간 항아리에 비유하여 형상화했다.

　이 시는 수행의 어려움을 피력하고 있다. 표현 그대로 "밑도 끝도 없"다. 바람 같고 구름 같은 일이다. 머리로야 이해하고 '이것이다'고 확연히 알 것 같지만 인간사 시름은 겹겹이고 산 너머 산이고 생로병사의 고통 속에서 한 시도 자유로울 수 없다. 차라리 '이 뭣꼬' 의문을 가지지 않았으면 그냥 소나 돼지처럼 살아갈 터인데 생에 대한 근원적인 질문을 가진 다음에야 "까맣게 타들어 가는"게 당연할지도 모른다. 시인이 시를 쓰는 이유도 여기에 있을지 모른다. 시인은 시로써 "이 뭣꼬" 화두를 던지고 시로써 그 답을 찾아가려 하고 있다. 그의 시는 가장 근원적이고 근본적인 질문 속에 있는 것이다.

　이 시집의 시편들은 한결같은 깨달음의 세계, 당위적이고 당연한 윤리적 가치, 도저한 철학적 가치명제로 가득 채워져 있지 않다. 그것을 원한다면 경전을 보는 게 빠르다. 확철대오廓徹大悟한 선지식의 게송을 찾아 읽는 게 유익할 것이다. 어쩌면 이 시집에 실린 시편들은 깨달음의 세계 혹은 '참 나'를 찾아가는 길의 지난함, 미혹 속에서 헤매는 중생의 절규와 같은 것일지도 모른다. 그러나 긴가민가할수록 보일 듯 말 듯할수록 시인의 자세는 일념으로 흔들리지 않는다. 마치 간장을 가득 안고 된장을 가득 담고 삭아가며 한 자리에서 장좌불와 용맹정진하는 운수납자 같은 항아리처럼 '나'의 본래자리를 향한 시적 구도의 작업은 흔들림이 없어 보인다. 물론 그러할수록 답에 대한 갈증은 깊어갈 수밖에 없다.

　화엄경 입법계품의 선재동자가 53 선지식을 찾아 도를 구하
듯이 시인은 낙엽송을 만나면 낙엽송에게 도를 구하고 매미를
만나면 매미에게 도를 묻고 딱따구리를 만나면 딱따구리에게
한 소식 얻기를 참구한다.

　　몇 겁의 업 짊어졌길래
　　참회의 염불 소리
　　식음 전폐하고
　　밤낮없이 엎질러 놓는가
　　새소리도 발붙일 데 없고
　　바람 소리마저 숨 거둔
　　네 소리,
　　한 벌의 옷 남긴 건
　　이 땅에 왔다 간 증거
　　목탁 소리 문풍지 찢고 나오지만
　　돌 속에 갇힌 한 사람
　　걸어 나오지 않네

　　　　　　　　— 「매미 소리」 전문

시인은 나무둥치에 붙은 매미 허물을 보며 "식음을 전폐하고" 울어대는 매미 소리를 듣고 있다. 그 울음을 전생의 업장을 참회하는 통곡소리로 듣는다. 이는 기실 시인이 시를 쓰는 일과 다르지 않다. 매미라는 객관적 상관물을 내세워 시인 자신의 참회수행을 표현한 것이리라. 깨달음이 어느 한 순간 환하게 다가오면 얼마나 좋을까? 하지만 뼈를 허무는 뉘우침과 식음을 전폐할 정도의 정진수행을 거치지 않을 수가 없다. 수많은 마군魔軍의 미혹이 시도 때도 없이 수행을 방해하기도 한다. 목탁소리야 문풍지를 뚫고 나온다 하지만 "돌 속에 갇힌 한 사람/ 걸어 나오지 않"는다. 돌처럼 굳어버린 아집과 상에 유폐된 '참 나'는 도무지 돌 속에 갇힌 채 나올 기미가 보이지 않는다는 것이다.

"길 뜨면 나를 볼 수 있다는 말에 집 나섰다/ 송림사에는 보이지 않고/ 한티재에서도 보이지 않았다/ 제2 석굴암 앞에서도 흔적은 없었다" (중략) "이 잡듯 뒤져도 나는 보이지 않았다"(「거조암」)고 시인은 고백한다. 그토록 "낯익은 내가" 나를 찾을 수 없는 것이다. "잘해보려고 용쓰니/ 헛손질이 잦다"(「딱따구리」) 구도의 길은 끝이 없고 잘하려 할수록 고뇌도 깊어간다. "四更 헤매며 울부짖는 불여귀/ 일자봉 넘보며 월자봉 쪼아대며/ 이대로 숨 쉬며 살아 있어도 되는지/ 묻고 있다네 울고 있다네"(「일월산」) 시인은 때로 불여귀가 되어 밤 깊은 사경을 울며 헤맨다. 내가 찾는 그 사람, 즉 '참 나'는 그림자도 찾을 수 없기 때문이다. 그의 시가 수행의 한 방편이라고 할 때 이는 시 쓰기의 고통과 다르지 않다. 머리로야 하루 저녁에 백 편도 쓸 수 있겠지만 수행과 시 쓰기가 다르지 않은 다음에야 영혼을 한 땀 한 땀 새겨 넣지 않을 수 없다.

하지만 수행이 고행과 같지 않다는 것을 시인은 알고 있다.

내 얇은 귀는 흔들리는 나룻배
뻣뻣이 고개 쳐든 누런 보리 이삭
바람이 몸 베는 날 세운 은장도

하늘 향해 칼질한 적 없는
애꿎은 나를 베고 베는 칼날

오십 고갯마루 덜컥
반 줄어버린 못물
가죽 남기고 떠나간 물비늘
수면엔 주름 가득
움푹 파인 눈엔 수심 가득
제 몸 벼리다 녹슨 은장도

— 「자화상」 전문

시인은 은장도 칼날이다. "하늘 향해 칼질한 적 없"고 그 누구를 해친 적 없는 그러나 "애꿎은 나를 베고 베는" 칼날이다. 그래야 수행인 줄 알았다. 오십 고갯마루에서 "제 몸 벼리다 녹슨" 스스로를 발견한다. 오십을 일러 지천명이라 했던가? 세월은 그냥 가는 것은 아니다. "물비늘/ 수면엔 주름 가득"할지라도 참다운 지혜의 연륜도 그만큼 깊어진 것이리라.

미꾸라지 한 마리 분탕질하고 간 웅덩이
왜가리 한 마리 위태로운 모가지 외로 꼬고
깊은 시름에 잠겨 있다
간밤 꿈을 잘못 꾸었나 때아닌 복병이라니
두 번 세 번 걸러서 먹는다는
정수기가 필요할 법도 하다만
끈기로써 기다릴 수밖에
일경 이경 헤아리다 보면
제풀에 기가 꺾이는 법
끓는 속 뚫어지게 보고 있노라면
거짓말처럼 사라지는 분노
말갛게 얼굴 비춰오는 거울같아
혹시 깨질세라 톡톡 건드려 보며
갈증의 부리 쿡 찔러본다
아! 이 맛이야,

살맛 나는 풍상은 한바탕 휘몰이장단

치고 가는 북소리 뒤에 오는 것

— 「북소리」 전문

미꾸라지 한 마리가 웅덩이를 온통 흐려놓고 갔다. 왜가리 한 마리가 먹이를 찾아 왔는데 물이 흐려 보이지 않는다. 이때 시인은 두 번 세 번 걸러 먹는 정수기가 아니라 "끈기로써 기다릴 수밖에/ 일경 이경 헤아리다 보면/ 제풀에 기가 꺾이는 법"이라고 말한다. 끓어오르던 분노도 가라앉고 "말갛게 얼굴 비춰오는 거울"처럼 자신을 비춰볼 수 있는 것이라고. "살맛 나는 풍상은 한 바탕 휘몰이 장단/ 치고 가는 북소리 뒤에 오는 것"이라고. 그러니까 한 마리 미꾸라지의 분탕질을 있어서는 아니 되는 것이라고 말하지 않음에 주목하자. 미꾸라지가 아니었더라면 이만한 깨달음을 어찌 얻을 수 있었을까? "살맛 나는 풍상"을 어찌 맞이할 수 있었을까? 그렇다. 다만 그 사이에 끈기로 기다리는 자세와 "끓는 속 뚫어지게 보고 있는" 관조와 명상이 있었던 것이다. 그의 시와 수행이 이른 지점이 여기 아닌가 한다.

그런데 그 지점은 지고지순하고 흔히 말하는 것처럼 세속과는 다른 탈속의 이상향으로 그려지는 것은 아니다. 오히려 시인이 발견한, 혹은 도달한 그 지점은 세속 한가운데에 있으며 세속과 다르지 않다. 깨달음이란 세속과 탈세속이 다르지 아니하며 세속 안에 이상향이 있고 이상향 안에 또한 세속이 있음을 보는 것인지도 모른다. 같은 맥락에서 삶 다음에 죽음이 오는 것이 아니라 애초부터 그 둘 사이에 아무런 경계가 있지 아니하고 오히려 그것은 하나라는 것이 시인의 인식이다.

간통이라도 한번 만끽하고픈
고적한 우물가 열무 씻는
소리만 샬라샬라
물바가지로 퍼내고 퍼내어도
새 한 마리 날아들지 않네

아무도 몰래 생산해 놓은 샘물
내 것인 양 마구 퍼내었네

금은보화라면
엿하고 바꾸어 먹으련만
세 동이를 퍼내든가
네 동이를 퍼내든가

늘 그만큼 채워지는 마술나라

금 나오라 뚝딱,

은 나와라 뚝딱,

그런 도깨비나라도 있었다네

하루에도 서너 차례 우물가 찾지만

처녀 총각 눈 맞추어 달아난 일 없고

혼자서 춘향이 마음 되어 다소곳이

물 길어 올리지만

이도령 같은 그림자 하나

얼씬거리지 않았네

— 「앵두나무 우물가에」 전문

    고적한 우물가에서 열무를 씻는 여인은 가장 본능적이고 윤리에서 벗어나는 상상을 한다. 간통을 꿈꾼다는 것은 일종의 죄악으로써 우리 모두 중생이 지을 수 있는 의업意業을 짓고 있는 것이다. 또한 퍼내는 우물물이 금은보화이기를 상상해본다. 역시 물질에 대한 탐욕을 표현하는 것이다. 이른바 인간의 탐욕을 그려내고 있는데 이는 불가에서 3독이라 하는 탐, 진, 치 가운데 탐심에 해당하는 것이다. 인간의 모든 고통의 근원이기도 하다. 누구나가 정도의 차이는 있을지언정 이러한 탐욕에서 자유로울 수는 없다. 그런데 우물은 비워내면 채워진다. 딱 비워낸 만큼 새로운 물로 채워지는 것이다. 탐심貪心이건 진심瞋心이건 치심痴心이건 자꾸 비워내서 새로운 마음으로 채우는 것이 수행이라는 뜻을 담고 있는 듯하다. 그래서 우물가를 찾으면 "이도령 그림자 하나" 얼씬거리지 않는 것이다. 공간은 그저 우물이다. 세속의 공간이며 우물이 말하는 바를 깨달으면 거기가 또 탈속의 공간이기도 하다. 일으킨 마음을 잘 들여다보면 거기에 지옥이 있고 천국이 있음을 말하고자 하는 것일까? 같은 맥락에서 삶과 죽음도 같은 방식으로 이해할 수 있다. 삶 가운데 죽음이 있으며 죽음 가운데 삶이 있다. 또한 그것은 다르지 않으며 어쩌면 동전의 양면인지도 모른다.

시인은 시집에 실린 대다수의 시편에 자연심상을 도입하여 시적 의미를 빚어내고 있다. 앞서 말한 대로 나무며 풀이며 꽃이며 곤충이며 유정무정有情無情의 자연이 시적 대상이며 소재로 쓰이고 있다. 이들에 대한 깊은 관찰과 통찰 그리고 명상이 그가 시를 풀어내는 작법이다. 깊은 통찰과 명상은 반드시 어떤 깨달음과 발견으로 이어진다. 그것은 내가 어떤 존재인가에 대한 자각과 어떻게 존재해야 하는가에 대한 일종의 답이라고 하겠다.

천등산에 우뚝 홀로 섰어라
고슬고슬한 볕과

삼백예순날의 염원으로
발끝부터 머리끝까지
황금바늘과 금실을 낳았어라
봉정사 부처님 전 금란가사
올올이 지어 올리고
풍화에 마모된 극락전 단청까지
한 땀 한 땀 뜨고 싶어
온몸에 경련이 일었어라

— 「낙엽송」 전문

"봉정사 부처님 전 금란가사/ 올올이 지어올리고/ 풍화에 마모된 극락전 단청까지/ 한 땀 한 땀 뜨고 싶어"라고 낙엽송에 의탁하여 자신의 심경을 노래한다. "한 땀 한 땀"이 말해주는 성실하고 진중한 자세, 그렇다고 쉽게 그만두지 않는 정진의 자세를 노래하는 것이다. 그의 '나'를 찾기 위한 수행과 시 창작의 태도를 읽을 수 있다. 마치 "비둘기가 펜촉 같은 작은 부리로/ 웅덩이 고인 물 쪼으듯/ 그렇게 그렇게 한 사랑 보태어 가는"(「사랑 · 1」) 것이 수행이라고 말한다. "잘했다고 박수치는 사람 없고/ 못했다고 흉보는 사람 없어도" (「딱따구리」) 나를 찾기 위한 여행은 계속된다. 세속적인 평가나 명리와는 관계 없다.

그래서 시인의 눈에 가장 빛나고 가치 있게 빛나는 것은 금은보화나 명예가 아니다. "풀잎 위의 이슬방울"이다.

간들간들 촌각을 다투는
찰나에 살다 갈 목숨
한 번뿐인 생인 듯
온몸으로 굴리는 우주
쇠똥구리 한 마리
통째 끌고 가는 무덤
한 생 바쳐 빚어내는
사리 몇 과

— 「풀잎 위의 이슬방울」전문

금강경金剛經에 그 유명한 사구게四句偈는 "일체유위법—切有
爲法 여몽환포영如夢幻泡影 여로역여전如露亦如電 응작여시관應作如
是觀"이라 하여 세상의 모든 상은 꿈과 같고 거품과 같으며 이
슬과 같고 번개와 같다고 하였다. 여기서 한 생을 바쳐 빚어내
는 것이 사리 몇 과라 하였지만 실상 그것이 이슬과 같다는 것
이다. 역설적으로 말하면 이슬과 같은 삶에 영롱한 사리 몇 과
로 요약되는 삶이란 얼마나 아름다운가? 한 생을 바쳐 사리에

이르렀다면 그 생은 헛되지 않으리라. '나'란 알고 보면 이렇게 이슬방울에 불과한 것을 미혹과 방황 속에서 길을 잃고 헤매며 중생의 삶을 살고 있는 것이다.

"평생이 뭐며 영원이 무엇이더냐 불붙던 장미도 사위어 가는 데// 언약이 뭐며 기다림이 무엇이더냐// 새끼손가락 걸던 찔레꽃도 낱낱이 지는데//눈물은 뭐며 다이아몬드는 무엇이더냐/ 왕관 만들던 빗방울도 흔적없이 사라지는데"(「사랑·2」) 가장 귀한 가치를 두는 사랑마저 집착하지 않은 모습 속에서 시인이, 그리고 그의 시가 지향하는 궁극적인 지점을 알 수 있다. 자유이다. 그것은 정치적 법률적 의미를 초월한 의미의 자유다. 불교식으로 말하면 해탈이며 집착을 벗어난 경지이다. "범소유 상개시허망"이라 함은 모든 것이 허망하니 허무하고 의미를 둘 필요가 없다는 뜻은 아니다.

오히려 그렇기 때문에 그의 삶은 치열하고 진지하다. 모든 관계에 마음을 기울인다.

저곳에 삶이 꿈틀거린다
그 누가 불모의 땅이라 손사래 쳤나
거룩한 삶이란
흙이라는 단순한 진리도
물방울이란 지극한 순리도 아니다
서로의 믿음이 살려낸 기적이다

바위는 자신의 살과 피 내어주고
새고비는 일념의 뿌리 거침없이 내렸다
한순간도 풀지 않는 포옹
한순간도 놓치지 않는 갸륵한 눈길
말 한마디 없지만 오고 가는 온정
큰소리 한번 없이 요요한 물소리
귀로 듣고 마음으로 읽는다

— 「바위너덜 새고비」 전문

　　이제 시인은 "거룩한 삶"을 규정하기에 이른다. "바위는 자
신의 살과 피 내어주고/ 새고비는 일념의 뿌리 거침없이 내렸
다/ 한순간도 풀지 않는 포옹/ 한순간도 놓치지 않는 갸륵한
눈길/ 말 한마디 없지만 오고 가는 온정/ 큰소리 한번 없이 요
요한 물소리"로 바위너덜과 새고비의 공존을 그려내고 있다.
그 소리를, 그 말씀을 "귀로 듣고 마음으로 읽는" 시인은 모든
관계의 존재방식이 지극한 사랑이어야 함을 말하고 있다. 금강
경에서 설한 대로 "범소유상개시허망凡所有相 皆是虛妄"이기 때문
에 역설적으로 온전히 스스로를 내어주고 비워주는 사랑이어
야 함을 말하고 있는 것이다.

점占집 앞 혼령들이 도열했다

삼천갑자를 돌아돌아 왔으리

그때의 기억은 대낮같이 또렸했다

못다 한 말들은 까만

점자로 도드라졌다

부르지 못한 노래

써 갈기지 못한 유언장들

마구마구 퍼부어대 듯

일천一千 마디 절규

붉은 혓바닥 오방기처럼 휘둘렀다

대신 전해 줄 이도

대변해 줄 이도

답답한 사립문만 삐걱거렸다

간절한 주문인 듯

절절한 진언인 듯

붉게 베어져 나오는 부적符籍 한 필

해종일 늦가을 볕의 끈질긴 기도

오다 말다 잡히지 않는 바람의 부채질

어금니 꽉 깨문 지성至誠의 발원문

경면주사鏡面朱砂 붉은 인주

화인化人으로 되살아난

핏물 든 금강경탑다라니 한 채

— 「맨드라미 초상」 전문

시인의 눈길은 맨드라미에 머문다. 시인의 눈에 비친 맨드라미는 "간절한 주문"이며 "절절한 진언"이다. "붉게 베어져 나오는 부적符籍 한 필"이며 "끈질긴 기도"이다. 검붉게 피어나는 맨드라미에서 그의 시를 본다. 시를 향한 타오르는 열정과 용맹 정진하는 수행자의 모습을 떠올린다. 그래서 맨드라미는, 그의 시는 "어금니 꽉 깨문 지성至誠의 발원문"이며 "경면주사鏡面朱砂 붉은 인주/ 화인化人으로 되살아난 핏물 든 금강경탑다라니 한 채"이다.

그리고 종내는 그것마저 허허로이 부정하는 자리에 시인의 시가 놓일 터이다. '나'는 없기 때문이다. 없어야 하기 때문이다. 없었기 때문이다. 아직 거기에 이르지 못했을지라도 시인은 알고 있다. 그 지점을.

　　　본래 나는 없었다

　　　　　　— 「촛불」 전문

시와소금 시인선 118

맨드라미 초상

ⓒ김도향. printed in Seoul, Korea

초판 1쇄 인쇄 2020년 06월 25일
초판 1쇄 발행 2020년 06월 30일
지은이 김도향
펴낸이 임세한
펴낸곳 시와소금
디자인 유재미 정지은

출판등록 2014년 1월 28일 제424호
발행처 강원 춘천시 충혼길20번길 4, 1층 (우-24436)
편집실 서울시 중구 퇴계로50길 43-7 (우-04618)
전화 (033)251-1195(팩스겸용-), 휴대폰 010-5211-1195
전자주소 sisogum@hanmail.net
ISBN 979-11-6325-017-3 03810

값 10,000원

* 이 시집은 경상북도 경북문화재단 후원금 일부로 제작되었습니다.